母上様
今日は何回笑いましたか。
私は大笑一回・小笑五回
だから
明日も元気です。

文・齋藤めぐみ
絵・西村幸栄

ふみ／齋藤めぐみ（愛知県 28歳）
「母」への手紙（平成6年）入賞作品
え／西村 幸栄（愛媛県 61歳）
「うれしい〜ね！」第12回（平成18年）入賞作品

二人とはいい人だよと、母さんの一言できめた結婚。

いい人生をありがとう。

文・高橋富江
絵・沼田博美

ふみ／高橋　富江（神奈川県 55歳）
「母」への手紙（平成6年）入賞作品
え／沼田　博美（愛媛県 69歳）
「花嫁人形」第8回（平成14年）応募作品

お母さん
雪の降る夜に
私を生んで下さってありがとう。

もうすぐ
雪ですね。

文・天根利徳
絵・玉井國樹

ふみ／天根　利徳（大阪府51歳）
「母」への手紙（平成6年）入賞作品
え／玉井　國樹（福岡県73歳）
「自若（じじゃく）」第12回（平成18年）応募作品

「俺についてこい!」
と言われて
生きてきた五十年。
これからは
横に並んで
歩きたい。

ふみ・中村和子
え・川合孟

ふみ／中村　和子（愛媛県 73歳）
「家族」への手紙（平成7年）応募作品
え／川合　孟（京都府 64歳）
「つの出せ　やり出せ!」
第13回（平成19年）入賞作品

父の作った
中古のランドセル

下をむいて
歩いた
子供の頃
今は心の中の宝物

文・森田美保子
絵・服部悠

ふみ／森田美保子（静岡県47歳）
「父」への手紙（平成9年）入賞作品
え／服部　悠（福岡県17歳）「1年生」
第10回（平成16年）入賞作品

私は
十九で貴方のもとへ。
娘は
もう二十三歳
ですヨ。
許して上げて。

文・鈴木三千代
絵・藤原伸顕

ふみ／**鈴木三千代**（千葉県 44歳）
「家族」への手紙（平成7年）入賞作品
え／**藤原　伸顕**（京都府 69歳）
「二羽とり」第12回（平成18年）入賞作品

告白します。
妹よ。
あなたが2歳で
私が4つ。
ファースト・キスは
あなたが相手!!

文・彦坂康子
絵・栗田みち代

ふみ／**彦坂　康子**（大阪府 31歳）
「家族」への手紙（平成7年）入賞作品
え／**栗田みち代**（広島県 56歳）
「兄弟…ずっーと仲良くネ」
第10回（平成16年）入賞作品

何も語らず
何も釣れず
ゆっくり流れる
時が好き

また釣りに
行こうね。
父さん。

文・田中由加利
絵・井上孝史

ふみ／田中由加利（兵庫県 22歳）
「家族」への手紙（平成7年）入賞作品
え／井上　孝史（京都府 49歳）
「チビよ、ガンバレ！」第6回（平成12年）応募作品

日本一短い
私への手紙

本書は、平成十二年度の第八回「一筆啓上賞 ―日本一短い手紙 私へ」〈財団法人丸岡町文化振興事業団（現 公益財団法人丸岡文化財団）主催、郵政事業庁（現 日本郵便）・住友グループ広報委員会後援〉の入賞作品を中心にまとめたものである。

同賞には、平成十二年六月一日～九月三十日の期間内に一二万一七二四通の応募があった。平成十三年一月二十九・三十日に最終選考が行われ、一筆啓上賞一〇篇、秀作一〇篇、特別賞二〇篇、佳作一六〇篇が選ばれた。

本書に掲載した年齢・都道府県名は応募時のものである。

同賞の選考委員は、黒岩重吾（故）、俵万智、時実新子（故）、森浩一（故）の諸氏と、ゲスト選考委員の小室等氏でした。

※なお、この書を再版するにあたり、冒頭の8作品「日本一短い手紙とかまぼこ板の絵」を加えるとともに、再編集し、増補版としました。コラボ作品は一部テーマとは異なる作品を使用しています。

目次

入賞作品

私へ

一筆啓上賞

秀作

特別賞

アホでいるこっちゃ。
オサキにやるこっちゃ。
エライこといわんこっちゃ。

一筆啓上賞
［郵政事業庁長官賞］
根市 政志
青森県 65歳

おいおい　そんなに落《お》ち込《こ》むなって
人生《じんせい》少《すこ》しわかりかけてきたじゃないか。

一筆啓上賞
［郵政事業庁長官賞］
浅原　昭子
青森県　40歳

あなたの心《こころ》の悲鳴《ひめい》。
聞《き》きとれるのは私《わたし》だけ。
私《わたし》とあなたの寂《さび》しい関係《かんけい》。

一筆啓上賞
〔郵政事業庁長官賞〕
竹田 飛鳥
東京都 15歳

過去《かこ》の僕《ぼく》よ、犬《いぬ》を飼《か》わないほうがいい、
別《わか》れる時《とき》が、辛《つら》いから。

一筆啓上賞
［郵政事業庁長官賞］
野村 朋史
神奈川県 14歳

コノセカイニ
アタシハヒトリダケ
ソレハアタシヲ
ツヨクスル

一筆啓上賞
［郵政事業庁長官賞］
海道 志寿佳
福井県 18歳

ずっと〝いい子《こ》〟の私《わたし》。
やめたいのに本当《ほんとう》の私《わたし》を忘《わす》れてしまった。
私《わたし》は何《なに》がしたいの？

一筆啓上賞
［郵政事業庁長官賞］
金島 道子
広島県 17歳

お前《まえ》の大《おお》きな財産《ざいさん》の一《ひと》つは、
いじめの痛《いた》みを知《し》ってることだ。

一筆啓上賞
［郵政事業庁長官賞］
荒平 翔太
熊本県 17歳

私《わたし》にしかできないことがある。
きっとある。
今《いま》は分《わ》からない。
でもある。きっとある。

一筆啓上賞
［郵政事業庁長官賞］
黒木かつよ
宮崎県　19歳

お願《ねが》い、
黙《だま》って、
私《わたし》が努力《どりょく》している綺麗《きれい》な夢《ゆめ》の孵化《ふか》を、
手伝《てつだ》って…

一筆啓上賞
［郵政事業庁長官賞］
陳許 玉蘭
台湾 72歳

一人《ひとり》で来《き》たブラジルだけど、今《いま》は五人《ごにん》。
俺《おれ》が我家《わがや》のルーツとはくすぐったくなるな。

一筆啓上賞
［郵政事業庁長官賞］
堤 剛太
ブラジル 52歳

あなたの明《あか》るい笑顔《えがお》の中《なか》にある、
一人《ひとり》ぼっちの慟哭《どうこく》を、
私《わたし》だけは知《し》ってます。

秀作［北陸郵政局長賞］
品川 由美子
秋田県 36歳 主婦

お母《かあ》さんになった私《わたし》へ。
おこりんぼじゃない、
やさしいママになってください。

秀作［北陸郵政局長賞］
宮下 雅美
栃木県 7歳 小学校1年

一夜漬《いちやづ》けではなく、
何日《なんにち》も漬《つ》け込《こ》んだ漬《つ》け物《もの》のような
人生《じんせい》を送《おく》って下《くだ》さい。

この文章は、未来の自分への願いを込めた手紙です。
今後、中身のつまった人生を送ってくれという意味の願いです。

秀作［北陸郵政局長賞］
広瀬 瞬
千葉県 12歳 中学校1年

自分《じぶん》なんて探《さが》しに行《い》かなくてもいいんだよ、
そこにあるんだから。

秀作［北陸郵政局長賞］
大滝 沙智
石川県 16歳 高校1年

ぼくへのてがみは、むずかしいけど、
ぼくからのてがみは、うれしいな。

秀作［北陸郵政局長賞］
篠崎 太希
福井県 6歳 小学校1年

お母《かあ》さんにしかられると、
心《こころ》のプールで一人《ひとり》で泳《およ》ぐの。
誰《だれ》にも絶対《ぜったい》ないしょだよ。

秀作［北陸郵政局長賞］
堂前 美咲
福井県 11歳 小学校5年

少《すくな》くとも、ここにひとり、
君《きみ》の未来《みらい》と可能性《かのうせい》を
信《しん》じている者《もの》がいます。

秀作［北陸郵政局長賞］
石田 尚志
京都府 43歳 公務員

ほら、今《いま》やで。ごめんって言《い》うんやで。
ちょっとぉ、どこ行《い》くの!?

秀作［北陸郵政局長賞］
三好 亜由美
奈良県 22歳 大学4年

なかなか素直になれない自分にエールを…。

「そんなことないよ」

「大《たい》したことないよ」

あんた口《くち》だけ謙虚《けんきょ》な子《こ》やな。

秀作［北陸郵政局長賞］
藤村 牧子
香川県 18歳 高校3年

鏡《かがみ》を見《み》ると、
お父《とう》さんとお母《かあ》さんの顔《かお》が見《み》えてくる。
私《わたし》っていいな。

秀作［北陸郵政局長賞］
山田 笑子
熊本県 15歳 高校1年

特別賞
三木 匠
北海道 15歳 中学校

テレビニ負《マ》ケズ読書《ドクショ》ニ負《マ》ケズ、
黙々《モクモク》ト受験勉強《ジュケンベンキョウ》ニ取《ト》リ組《ク》ム、
ソンナ私《ワタシ》ニ変《カ》ワリタイ。

テレビや読書の力に負けず、受験勉強一直線に自分がなれるよう、
いさめの気持ちを込めています。

あなたを信《しん》じる事《こと》ができません。
愛《あい》するあの人《ひと》さえも
裏《うら》切《ぎ》ってしまったから。

「あなた」っていうのは私自身。愛する人を裏切ってしまって、
自分を信じる事ができなくなってしまった。

特別賞
田村 結
北海道 17歳 高校3年

自分《じぶん》が嫌《きら》い。
自分《じぶん》をやめたい。
でも本当《ほんとう》は自分《じぶん》のままで
自分《じぶん》を好《す》きになりたい。

特別賞
山内 千愛
青森県 16歳 高校2年

なんでそんなにわがままなんですか？
質問《しつもん》したくなりますよ。本当《ほんとう》に。

特別賞
佐々木 麻衣
山形県 17歳 高校3年

雨《あめ》の日《ひ》に、水《みず》たまりをのぞいてみたら、
笑《わら》っているあなたの顔《かお》が見《み》えました。

特別賞
保苅 瑛子
福島県 14歳 中学校2年

還暦《かんれき》を迎《むか》えちゃったな。
あんたの心《こころ》の中《なか》にある不発弾《ふはつだん》、
ちょっと心配《しんぱい》なんだ。

特別賞
倉持宏
東京都　60歳　写植業

私《わたし》は自分《じぶん》を傷付《きずつ》けました。
ごめんなさい。ごめんなさい。
ごめんなさい。ごめんなさい。

特別賞

小関 真澄

神奈川県 14歳 中学校3年

痛《いた》い。
でもう少《すこ》しだね。
準備《じゅんび》は出来《でき》てるの。
私《あなた》は私《わたし》を踏《ふ》み、
高《たか》く飛《と》ぶ事《こと》が出来《でき》る。

特別賞
内藤 美帆
神奈川県 17歳 高校3年

廃品回収日《はいひんかいしゅうび》でーす、
という声《こえ》を聞《き》くと、
ギョッとするよ。
俺《おれ》も八十《はちじゅう》過《す》ぎだからな。

特別賞
稲木 健治
神奈川県 82歳

さあてこいつぎのぼく
やさしかったぼくが
いまはおこっている。

特別賞
上道 諒大
福井県 11歳 小学校5年

やっとわかった
みかんがりんごになろうとしていたって

特別賞
永田 成美
福井県 39歳 自営業

私《わたし》はヤット八十五才《はちじゅうごさい》になった若造《わかぞう》や、
戦《いくさ》でのロス十年《じゅうねん》、
取《と》り戻《もど》さねば算盤《そろばん》が合《あ》わぬ。

特別賞
大西 悟
福井県 85歳

戦争で10年間無我夢中で働き命を削って還れた。あの10年今度は自分の為に生きたいです。

私《わたし》はペルー人《じん》だけど日本《にほん》が好《す》き。
でもペルーの子《こ》どもたちのために
何《なに》かしたい。

特別賞
酒井 ミラグロース
福井県 14歳 中学校2年

小学生のとき来日し、これからもずっと治安のいい日本に住んでいたいと考えているようです。しかし母国のために何かしたいという気持ちも持っています。日本とペルーの間で思春期の心は揺れています。

握《にぎ》りしめた掌《てのひら》で
壊《こわ》れて刺《さ》さった夢《ゆめ》の破片《はへん》
今《いま》さら抜《ぬ》くのも痛《いた》いだけ。

特別賞
大野 佳織
愛知県 32歳 会社員

オイオイ、受験生《じゅけんせい》だろ
いいかげんケツに火《ひ》をつけて勉強《べんきょう》しろ。
やればできる。

特別賞
坂本 淳
島根県 14歳 中学校3年

大《おお》きくなるにつれて忘《わす》れてた
空《そら》の広《ひろ》さ　海《うみ》の深《ふか》さ　私《わたし》らしさ。

特別賞
織田 千尋
島根県 16歳 高校

捜《さが》し物《もの》
私《わたし》の中《なか》の優《やさ》しさが
一人《ひとり》歩《ある》きで行方《ゆくえ》不明《ふめい》
家族《かぞく》が本当《ほんとう》に困《こま》っています

特別賞
田中まさこ
広島県　40歳　主婦

ぼくは、いまとってもつかれている。
もう一人《ひとり》のぼくに、こうたいしてほしい。

特別賞
竹野 彰利
広島県 13歳 中学校1年

人《ひと》に好《す》きだと言《い》われて
初《はじ》めて自分《じぶん》を好《す》きになれました。
十六年《じゅうろくねん》もかかったけど。

特別賞
上久保 愛
愛媛県 16歳 高校1年

うるさいな
親《おや》の愛《あい》うざく感《かん》じる年頃《としごろ》なのよ。
プンプンおこり鬼《おに》
私《わたし》の中《なか》から鬼《おに》は外《そと》

特別賞
山影 亜寿香
鹿児島県 17歳 高校2年

私へ

佳作

ハタチの夜《よる》に、
今日《きょう》から一人《ひとり》で生《い》きていくって決《き》めたのは、
マチガイだったね。

武石 幸子
北海道 22歳 会社員

仮面《ペルソナ》を付《つ》けて今《いま》まで歩《ある》いてきた。
いつか、本当《ほんとう》の私《わたし》を見《み》せればいいと思《おも》うよ。

鈴木 麻未
北海道 14歳 中学校2年

どうしたの。
そんなに怒《おこ》ってどうしたの。
お母《かあ》さんが小《ちい》さく見《み》えるよ。

高橋　るみ
北海道　15歳　中学校3年

また買《か》っちゃったね。
ちょっと大《おお》きめの、
Bカップのブラジャー。

菊池 真弓
北海道 16歳 高校1年

僕《ぼく》の中《なか》の本当《ほんとう》の僕《ぼく》を見《み》つけた時《とき》、
僕《ぼく》が僕《ぼく》になれる気《き》がする。
僕《ぼく》は必《かなら》ず僕《きみ》を探《さが》し出《だ》す。

長岡 康徳
北海道 17歳 高校2年

頭《あたま》も丸《まる》い　顔《かお》も丸《まる》い　鼻《はな》も丸《まる》い　目《め》も丸《まる》い
この際《さい》丸《まる》く生《い》きてみようか

長尾 享子
北海道　33歳　アルバイト

いじめなんかやめろ。
そんなにしたいなら
自分《じぶん》の心《こころ》をいじめなよ。

斉藤　由恵
北海道　12歳　中学校1年

私《わたし》の背中《せなか》は、私《わたし》じゃ見《み》えない。
そっか　神様《かみさま》は　見《み》せたくなかったのね

村木　ゆりえ
北海道　14歳　中学校3年

なにをあせっているの
何十年《なんじゅうねん》もたっているのに、
通学列車《つうがくれっしゃ》に乗《の》り遅《おく》れる夢見《ゆめみ》て…。

髙橋 啓子
北海道 54歳 主婦

まっすぐ伸《の》びてるかい。
枝分《えだわ》かれ多《おお》いけど、
たどり着《つ》いたら小《ちい》さな花《はな》を咲《さ》かそうね。

廣瀬 志津江
北海道 24歳 栄養士

たくさんの勇気《ゆうき》と
たっぷりの愛《あい》をもらった私《わたし》、
逝《ゆ》きしパパの分《ぶん》もガンバレ！

木立 有紀
北海道 12歳 中学校1年

今日《きょう》もまた、
自分《じぶん》の影《かげ》と一緒《いっしょ》に帰《かえ》った。
明日《あした》こそは、
勇気《ゆうき》を出《だ》して声《こえ》かけてみよう。

土井 奈苗
北海道 17歳 高校3年

七十年来《ななじゅうねんらい》の指《ゆび》、
漸《ようや》く心《こころ》ゆく迄《まで》休《やす》めるね、
牛飼《うしか》い最後《さいご》のあしたに

石原　龍雄
北海道　72歳

この更年期《こうねんき》過《す》ぎたら
バリバリのおばさんになるって。
なってやろうじゃないの。

佐々木和子
北海道　52歳　主婦・パート勤務

ダンナ残《のこ》して単身《たんしん》フニン。
周《まわ》りはいろいろ言《い》うけどさ、
私《わたし》は私《わたし》、いいんじゃない？

相澤 道子
北海道 30歳 中学校教員

変《か》わらなければいけない所《ところ》。
ゼリーのように不確定《ふかくてい》で
弱《よわ》くて柔《やわ》らかな所《ところ》。

佐々木洋
北海道 17歳 高校3年

鏡《かがみ》の中《なか》でしか会《あ》えない顔《かお》に
化《け》粧《しょう》をして笑《わら》ってみるのだけれど
少《すこ》しだけさみしい。

大畠 久美子
北海道 51歳 主婦

味付《あじつ》けは、これから。
スパイスを効《き》かせて、
人生楽《じんせいたの》しく食《しょく》さねば！

下出 純子
青森県 28歳 主婦

何《なに》を焦《あせ》っているの、
たまには立《た》ち止《ど》まってごらん。
知《し》らない自分《じぶん》が隣《となり》にいるから…。

向谷地 和子
青森県 54歳 会社員

五年前《ごねんまえ》の証明写真《しょうめいしゃしん》
今《いま》 撮《と》った証明写真《しょうめいしゃしん》
私《わたし》だけが知《し》っている
いろいろあったね

白幡 律子
青森県 34歳

ねばならぬ、かくあるべしの箍外《たがはず》し、
ごろりとなってもいいではないか。

松尾 タイ
青森県 50歳 会社員

一《ひと》つの私《わたし》が　番《つが》いを見《み》つけ
二《ふた》つ授《さず》かった　私《わたし》の分身《ぶんしん》
こうして私《わたし》は　続《つづ》いてゆく

乙供　菜穂子
青森県　30歳　主婦

生《い》きてる価値《かち》がないだって？
そんなの思《おも》ってる暇《ひま》が有《あ》れば
恋《こい》の一《ひと》つでもしなよ!!

佐々木 聡子
青森県 17歳 高校3年

昨日《きのう》の自分《じぶん》に「良《よ》くやった。」
今日《きょう》の自分《じぶん》は「気《き》をぬくな。」
明日《あした》の自分《じぶん》には「負《ま》けるなよ!!」

坂和也
青森県　13歳　中学校1年

今《いま》は殻《から》からでて、
夏限定《なつげんてい》の小《ちい》さな命《いのち》で
一生懸命《いっしょうけんめい》生《い》きている。
私《わたし》はせみ。

佐藤 里奈
青森県 14歳 中学校3年

ほら見《み》てごらん。
君《きみ》のやさしさほしがってる人《ひと》がいるよ。
ここにもほらあそこにも…。

小向 布美子
青森県 26歳 教師

本当《ほんとう》は、君《きみ》の事《こと》が大好《だいす》きなんだ。
はずかしいから、
大《おお》きい声《こえ》じゃ言《い》わないけどね。

安田 瑞穂
青森県 15歳 中学校3年

思《おも》ってる事言《ことい》わなきゃ誰《だれ》も分《わ》からない。
せめて親《おや》には言《い》えるようにしよう！

川畑 千尋
岩手県 16歳 高校2年

人生《じんせい》の師《し》は誰《だれ》。
それは自分自身《じぶんじしん》。
生《せい》から死《し》までずっと一緒《いっしょ》だ。

大菅 正和
岩手県 17歳 高校3年

いなか者《もの》の私《わたし》は、
わたしと言《い》えず、
「あだす。」
なまりが抜《ぬ》ける日《ひ》を夢《ゆめ》みてる。

加藤 香織
岩手県 18歳 高校3年

トド　ブタ　ゾウ。
子《こ》らがつけてくれたあだ名《な》はみんな好《す》き。
それらを含《ふく》めて「私《わたし》」だから…。

林本 五月
岩手県 38歳 主婦

「つらい時鏡《ときかがみ》に向《む》かってほほえむの、
元気《げんき》な私《わたし》に戻《もど》れる
とっておきのおまじない。」

横尾 久美子
岩手県 44歳 介護職パート

自分《じぶん》に自信《じしん》はないけれど、
自分《じぶん》に取《と》り柄《え》はないけれど、
自分《じぶん》を信《しん》じていたい。

新田 千紘
岩手県 14歳 中学校3年

夫《おっと》も子供《こども》もいらない。
すべてのしがらみを捨《す》てて、
一人《ひとり》になりたいんだよね。

千葉 えり子
宮城県 42歳 主婦

「私《わたし》」が母親《ははおや》の愛情《あいじょう》を知《し》らなくても
いいじゃない。
我《わ》が子《こ》を愛《あい》せるのなら。

遠藤 智美
宮城県 23歳 会社員

今《いま》までゴメン。
閉《と》じ込《こ》めていて。
これからは少《すこ》しずつ
出《だ》してあげるから。

須田 紘彬
秋田県 15歳 中学校3年

毎日《まいにち》「私《わたし》」を演《えん》じてお疲《つか》れ様《さま》。
あともう少《すこ》しだけ私《わたし》の代《か》わりに
「私《わたし》」を演《えん》じて下《くだ》さい。

佐々木 歩子
秋田県 18歳 高校3年

私《わたし》は困《こま》っています。
宙《ちゅう》にういているようです。
だれかたすけてください。

三浦 沙織
山形県 15歳 養護学校3年

未来《みらい》の私《わたし》へ。
お願《ねが》いがあります。
どーか優《やさ》しい風《かぜ》の様《よう》な人《ひと》に
なって下《くだ》さいね。

清水 絵里子
山形県 14歳 中学校3年

あなたにとって
「あなた」というものは何《なん》ですか。
私《わたし》にとって「私《わたし》」は永遠《えいえん》に不明《ふめい》です。

鈴木 湖季
福島県 14歳 中学校

まだ、わからない所《ところ》が、
たくさんあります。
十八年《じゅうはちねん》では、わかりませんよね。

亀岡 俊秀
福島県 18歳 高校3年

人《ひと》にはウソつける。
けど、自分《じぶん》にはウソはつけないんだよ。
知《し》ってた？

小松崎 佑香
茨城県 14歳 中学校3年

小学生《しょうがくせい》から変《か》わってない。
基礎《きそ》はできても応用《おうよう》利《き》かない、
私《わたし》の人生《じんせい》算数《さんすう》みたい。

藤崎 美佐子
茨城県 33歳 会社員

登《のぼ》っても登《のぼ》っても
また落《お》っこちてるようだけど、
案外《あんがい》高《たか》いところまで来《き》てるかも。

沢田 有里
茨城県 15歳 高校年1年

出産《しゅっさん》して体型《たいけい》が変《か》わった。
でも以前《いぜん》より自分《じぶん》が好《す》き。
だって二人《ふたり》になったから。

佐藤 郁子
栃木県 26歳 看護婦

勉強《べんきょう》はね
好《す》きな人《ひと》を幸《しあわ》せにするためにするんだ。
ムダな事《こと》なんて一《ひと》つもない。

檜山 香菜子
栃木県 14歳 中学校3年

僕《ぼく》の前《まえ》に父《ちち》と母《はは》がいて、
僕《ぼく》の後《あと》に子《こ》どもがいる。
僕《ぼく》は何処《どこ》に向《む》かって進《すす》むのか。

福田誠
群馬県 42歳 公務員

お早《はよ》うは私《わたし》に。
今日《こんにち》はは友達《ともだち》に。
そしてただいまは家族《かぞく》に。
今日《きょう》の挨拶《あいさつ》は楽《たの》しかった？

淵上 識子
群馬県 16歳 高校2年

懸賞《けんしょう》に応募《おうぼ》する度《たび》に
年令《ねんれい》変《か》えるの止《や》めなさい。
しかも下《した》は二十五歳《にじゅうごさい》だもんね。

飯田 くに子
群馬県 59歳 ダンス講師

今《いま》でも十分《じゅうぶん》、迷子《まいご》なのに、
まだまだ道《みち》が分《わ》かれていく、
でもいつかぬけだしてみせる。

真下 智志
群馬県 14歳 中学校2年

目《め》を閉《と》じて 肩《かた》の力《ちから》を抜《ぬ》いて 深呼吸《しんこきゅう》
あなたの娘《むすめ》の静《しず》かな寝息《ねいき》 雨《あめ》の音《おと》
聴《き》こえる？

木暮 美和
群馬県 25歳

「電話《でんわ》、ケータイ、E《イー》メール。
どんなに通信技術《つうしんぎじゅつ》が進《すす》んでも、
拝啓《はいけい》、おたより申《もう》し上《あ》げます。」

渡辺 登喜江
埼玉県 47歳 公務員

あ、また言《い》った。
〝もうイヤ、こんな仕事《しごと》〟
でも、足《あし》はバタバタはりきってるぞ。

森裕子
埼玉県 39歳 教諭

私《わたし》ね、もし誰《だれ》かに生《う》まれ変《か》わるのなら、
絶対《ぜったい》に、また私《わたし》になりたい。

柴崎　友美
埼玉県　14歳　中学校3年

たくましい腕《うで》、
大地《だいち》を踏《ふ》みしめる大根足《だいこんあし》、
若《わか》きニッポンの母《はは》に文句《もんく》あっか！

柳澤 晴代
埼玉県 31歳 主婦

私《わたし》へ
子《こ》らは寝《ね》ました。
さあひとときじっとして
正直《しょうじき》に熱《あつ》い想《おも》いを告白《こくはく》しなさい。

高橋 則子
千葉県 38歳 主婦

早《はや》く謝《あやま》っちまえよ。
女房《にょうぼう》と喧嘩《けんか》しても
勝《か》ち目《め》がないことは
知《し》っているだろう。

戸村広二
千葉県 44歳 公務員

一生《いっしょう》のお願《ねが》いです、三十年前《さんじゅうねんまえ》の私《わたし》!!
その結婚《けっこん》だけは止《や》めて下《くだ》さい。

岡田 眞弓
千葉県 49歳 自営

そう言《い》えば　お前《まえ》のこと
真剣《しんけん》に考《かんが》えたことなかったな。
涙《なみだ》が出《で》てきそうだ。

岡林　稔
千葉県　56歳

生《い》き方《かた》が間違《まちが》っていたかなんて
あの子達《こたち》の笑顔《えがお》を見《み》れば
わかるでしょ

岡田 由美子
東京都 43歳

たとえば後《うし》ろを振《ふ》り返《かえ》っても、
後《うし》ろに戻《もど》らなきゃいいと思《おも》うよ。

阿部 真沙子
東京都 14歳 中学校3年

15年《ねん》もつきあってんだから
もう少《すこ》し君《きみ》の事《こと》を教《おし》えてくれても
いいんじゃない？

松村 貴昭
東京都 15歳 中学校3年

見失《みうしな》ったと思《おも》っていたけど。いた。
欠《か》けたマグカップの一杯《いっぱい》の牛乳《ぎゅうにゅう》の中《なか》に。

小沢 友木子
東京都 26歳

ちょっと約束《やくそく》が違《ちが》うじゃない。
予定《よてい》では、もう結婚《けっこん》して
子供《こども》がいるハズだったのに。

伊勢めぐみ
東京都 27歳

「この席《せき》どうぞ」と言《い》った時《とき》、
当《あた》り前《まえ》だけど少《すこ》し大人《おとな》になれたね。

大嶋 美智子
東京都 17歳 高校3年

髪《かみ》を染《そ》めた。
ピアスをあけた。
化《け》粧《しょう》をした。
それでも私《わたし》は私《わたし》のまんま。

楫野 明日香
東京都 16歳 高校2年

「バカヤロウ」って、
何回言《なんかいい》ったのか覚《おぼ》えてない。
何回言《なんかいい》っても分《わ》からないバカヤロウ。

上月 須美子
東京都 28歳 トリマー

いつからだろう。
心《こころ》の扉《とびら》を閉《と》ざしてしまったのは…。
誰《だれ》も信《しん》じられない信《しん》じない…。

福田 侑希
東京都 14歳 中学校3年

愛《あい》しているよ。
あなたを何度《なんど》も殺《ころ》そうとしたけど、
生《い》きていてくれて、ありがとう

蓮ルミ
東京都 15歳 中学校3年

もうね、
「目玉焼《めだまやき》の白身《しろみ》は
どうして醤油《しょうゆ》をはじくのかっ！」
って騒《さわ》ぐの、やめなね。

坂野 陽子
東京都 33歳 保育士

「また太《ふと》ったの？」

ワタシは私《わたし》に言《い》った。

（あんただって太《ふと》ったじゃない）

野口 実希
東京都 14歳 中学校3年

「妻《つま》」も「女《おんな》」も捨《す》てちゃったけど
「母《はは》」だけは捨《す》てなかった。
ごほうびだよね「孫《まご》」の笑顔《えがお》。

増子 智恵子
東京都 45歳 自営業

手始《てはじ》めに　髪《かみ》を切《き》ったら、
ミルク色《いろ》のテンガロンと
町中《まちじゅう》に響《ひび》く口笛《くちぶえ》を。
出発《しゅっぱつ》は今夜《こんや》よ。

福井 民子
東京都 28歳

おいお前《まえ》、鏡《かがみ》に向《む》かって見《み》ろ、
良《い》い顔《かお》してるか、
眉間《みけん》にシワが寄《よ》ってないか。

津田 謙二
東京都 68歳 団体役員

だめだよ。そんなことは、
そんなことをすると困《こま》るのは
未来《みらい》の僕《ぼく》なんだから。

宮城 直輝
神奈川県 12歳 中学校1年

よく見《み》ろ。
これが全部《ぜんぶ》だ。
全部《ぜんぶ》やる。
おまえにおまえ、
全部《ぜんぶ》やる。

木村 香奈子
神奈川県 25歳
ワシタカ類調査業

君《きみ》は、ふられっぱなしだったよね。
でも、一度《いちど》だけふったことあるよね。
彼女《かのじょ》のために。

佐藤 智彦
神奈川県 24歳 会社員

あなたにはわかるかしら
わたしが今《いま》、ここで
生《い》きているという事《こと》を

上杉 真以
神奈川県 17歳 高校3年

あなたは本当《ほんとう》に私《わたし》ですか。
何《なに》か不思議《ふしぎ》ですね。
まるでコインみたい…

市川 裕美
神奈川県 16歳 高校2年

都合《つごう》の良《い》い事《こと》ばかり考《かんが》える
あなたが大嫌《だいっきら》いだけど
でも私《わたし》はあなたなんだよね…。

八重樫 美香
神奈川県 17歳 高校3年

一番《いちばん》身近《みぢか》だが、一番《いちばん》知《し》らない。
一番《いちばん》見《み》やすいけど、一番《いちばん》謎《なぞ》。
そんな君《きみ》を僕《ぼく》は知《し》りたい。

阿部 公輝
新潟県 16歳 高校1年

目《め》を閉《と》じて、深呼吸《しんこきゅう》。
隠《かく》れてた本当《ほんとう》の気持《きも》ちが
ふーっと現《あらわ》れてくる。

小湊 祥子
新潟県 32歳 事務員

ゆっくり話《はな》し、暮《く》らす。
ジーパンの似合《にあ》う
お婆《ばあ》さんを目標《もくひょう》に生《い》きたい！

萩原 啓子
新潟県 41歳 自営業

涙《なみだ》を流《なが》したぶんだけ
成長《せいちょう》するって聞《き》いたけど
そしたら私《わたし》、もうオバサン？

大間知文恵
富山県　17歳　高校3年

いろんなことがあるけれど、
最後《さいご》はあんたが頼《たよ》りです。
あんじょう頼《たの》んます。

西 容子
石川県 35歳 主婦

心《こころ》で思《おも》ったことって、
どのくらい口《くち》に出《だ》していいのかなぁ？
知《し》ってる？

皆川 裕美子
石川県 16歳 高校2年

ショートにしたのは
美容師《びようし》のせいと
嘘《うそ》をついた私《わたし》って、
かわいい。

久保 正美
福井県 26歳 大学1年

大学《だいがく》に通《かよ》う私《わたし》。
化粧《けしょう》以外《いがい》に何《なに》か学《まな》びましたか。
このままで終《お》わらせる気《き》ですか。

加藤 真由
福井県 19歳 大学1年

この前《まえ》、鏡《かがみ》を見《み》ていたら
母《はは》が後《うし》ろを通《とお》った。
信《しん》じたくないが俺《おれ》は母《はは》似《に》だ。

谷出 一覚
福井県 17歳 高校1年

私《わたし》は私《わたし》が好《す》きだ!!
もし私《わたし》が女《おんな》だったら
男《おとこ》の私《わたし》とつき合《あ》ってみたい!!

吉村 亘
福井県 17歳 高校1年

今《いま》、イライラしている自分《じぶん》を
自由《じゆう》な所《ところ》まで紙《かみ》ヒコウキで飛《と》ばしたい。

雁子 隆士
福井県 15歳 高校1年

辛《つら》く苦《くる》しいとき
やかんを相手《あいて》に話《はな》しこむ。
大人《おとな》になったね。

水野 敬子
福井県 29歳

もう少《すこ》しドラマチックなヒロインを
演《えん》じたかった気《き》がするなあ。

新谷 淳子
福井県 41歳

バスケットにつめこまれたサンドイッチ
まるでそんな気分《きぶん》

渡辺 真矢
福井県 16歳 高校2年

どこに行《い》きたいの、
なにをしたいの、
なにを考《かんが》えているの、
ワタシにも教《おし》えてよ。

吉川 将弘
福井県 16歳

僕《ぼく》を好《す》きな僕《ぼく》と
僕《ぼく》を嫌《きら》いな僕《ぼく》が
僕《ぼく》の中《なか》で
僕《ぼく》を見《み》ています。

髙田　一希
福井県　14歳　中学校2年

私《わたし》 私《わたし》 私《わたし》
すべてが私中心《わたしちゅうしん》に生《い》きて来《き》た
とうとう一人《ひとり》ぼっち
月《つき》も冷《つめ》たい

牧田 正太郎
福井県 72歳 戸主

私《わたし》へ、私《わたし》は私《わたし》じゃない。
私《わたし》は、あなたなの。
私《わたし》はもう、私《わたし》じゃない。

辻啓二郎
福井県　14歳　中学校3年

私《わたし》は、
おこったり、泣《な》いたり、笑《わら》ったり
いろいろなことができる。
私《わたし》ってすごいな。

三田 明奈
福井県 10歳 小学校5年

私《わたし》へ贈《おく》る言葉《ことば》、
「人《ひと》の夢《ゆめ》と書《か》いて儚《はかない》。」
それをくつがえすよう、
力《ちから》を尽《つ》くす。

石川 智樹
福井県 16歳 高校2年

奴《やつ》は戻《もど》らないよ。
思《おも》い出《で》は捨《す》てたのに、
奴《やつ》への思《おも》いは捨《す》てられない私《わたし》へ。

田中 志麻
長野県 19歳 大学2年

もうここに逃《に》げるのはやめよう。
あなたの居場所《いばしょ》は無限《むげん》にあるはず。

伊藤 香
長野県 23歳 事務

死《し》ぬまで、
あなたのファンであることを
信《しん》じていてくださいね。

赤津 光治
長野県 42歳

私《わたし》の日照時間《にっしょうじかん》はすべて
時給七百五十円《じきゅうななひゃくごじゅうえん》で暮《く》れていく
でも私《わたし》は太陽《たいよう》を忘《わす》れない。

長尾 久美子
岐阜県 24歳 フリーター

厚底靴《あつぞこぐつ》脱《ぬ》いで化粧落《けしょうお》とすと
笑《わら》っちゃうくらい地味《じみ》だけど、
結構《けっこう》その顔《かお》もいいよ。

増田 康子
静岡県 17歳 高校2年

あの頃《ころ》いじめから逃《に》げればよかった？
そしたらじっと堪《た》えることも知《し》らないよ。

遠藤 直子
静岡県 22歳 フリーター

大人《おとな》になるってことは、
カッコワルイ人生《じんせい》を
受《う》け入《い》れられるってことかな？

井上 雅啓
静岡県 38歳 教諭

好《す》きになったり嫌《きら》いになったり…。
私《わたし》じゃなかったら許《ゆる》せない！

鈴木 佑佳
静岡県 17歳 高校3年

十五歳《じゅうごさい》の私《わたし》へ。
言葉《ことば》の壁《かべ》を乗《の》り越《こ》えて、
今《いま》の私《わたし》にたどりついた。
そんな自分《じぶん》に拍手《はくしゅ》。

カウレア・カタリン
静岡県　15歳　高校

お帰《かえ》り。
疲《つか》れ切《き》った顔《かお》してるね。
夕食《ゆうしょく》の仕度《したく》後《あと》にして
その顔《かお》、洗《あら》おうよ。

熊丸 美知子
静岡県 49歳 主婦

呑気《のんき》に拍手《はくしゅ》している場合《ばあい》か。
新郎《しんろう》の席《せき》にいるのは
本当《ほんとう》はあんたじゃないのか。

池戸 尚人
愛知県 39歳 自営業

ヒャヒャヒャヒャヒャヒャヒャヒャヒッ。
これが私《わたし》です
いいんでない？

鈴木 小夏
岐阜県 15歳 高校3年

もうガンバレなんて言《い》わない。
野垂《のた》れ死《じ》にした時《とき》は、
私《わたし》があなたのために泣《な》こう。

小山 真弓
愛知県 24歳

「私《わたし》と同《おな》じ年《とし》なのに、
なぜか君《きみ》のほうが白髪《しらが》が多《おお》いようだね。」

大原　啓作
愛知県　65歳

グツグツ。コトコト。
おなべがおなべと話《はな》すとき、
私《わたし》は私《わたし》と話《はな》します。
上手《じょうず》にできる？

富井 友香
愛知県 14歳 中学校2年

あんまり真実《ほんとう》の自分《じぶん》をださないから
私《わたし》まであなたを忘《わす》れてしまいそう。

反田 望
愛知県 16歳 高校2年

モリモリ食《た》べた。
部室《ぶしつ》で暴《あば》れた。
泣《な》いた笑《わら》った。
そんな日《ひ》のことも
忘《わす》れちゃうのかな。

伊與田 祐子
愛知県 18歳 高校3年

自分《じぶん》のこと好《す》き？
好《す》きになんてなれないよね。
自分《じぶん》のことわかりすぎでさ。

浅井 杏奈
愛知県 16歳 高校2年

不自由《ふじゆう》な体《からだ》は、
ありがとうの宝物《たからもの》、
たくさん教《おし》えてくれます。
大好《だいす》きです。そんな私《わたし》。

栃木 ゆか
愛知県 30歳 会社員

辛《つら》い時《とき》は鏡《かがみ》を見《み》て、
父親似《ちちおやに》の長《なが》い顔《かお》、母親似《ははおやに》の太《ふと》い眉《まゆ》。
一人《ひとり》じゃないよ。頑張《がんば》れ純子《じゅんこ》。

橋垣戸 純子
三重県 38歳 主婦

疎開《そかい》、敗戦《はいせん》、就職《しゅうしょく》、結婚《けっこん》、肉親《にくしん》の死《し》。
終《お》わりまでがんばろうよ。
人生《じんせい》の金《きん》メダルめざして。

冨永 茂子
滋賀県 70歳

おい、頼《たの》むからいらんことまでしゃべんな。
あとでフォローが大変《たいへん》なんや。

山本 英明
京都府 17歳 高校3年

風呂上《ふろあが》り
タオルを巻《ま》いて胸《むね》の谷間《たにま》を作《つく》ってみる
鏡《かがみ》の私《わたし》に「それあんたと違《ちゃ》うで」

谷本セツ子
京都府　56歳　主婦

さあ、子育《こそだ》ては終《お》わった。
時間《じかん》は再《ふたた》び私《わたし》の物《もの》。
まず、ピアスでもしようか。

伊藤 寿子
京都府 49歳 主婦

汚《きたな》く醜《みにく》い大人《おとな》よりも、
少年《しょうねん》の方《ほう》が人間《にんげん》らしい。
生涯《しょうがい》一少年《いちしょうねん》、
それでいいじゃないか。

有本 隆敏
大阪府 31歳

たまには早《はや》く寝《ね》ろ
体《おまえ》は良《い》いかも知《し》れんが
こっちは全然《ぜんぜん》休《やす》めない
寝不足《ねぶそく》の心《わたし》より

長島 幸子
大阪府 19歳 大学1年

すきですわたし。
プールこわかったけどがんばったもんね。
ういたよ。

森本 眞生
大阪府 12歳 中学校1年

朝一番《あさいちばん》に、鏡《かがみ》を見《み》て、言《い》うわ、
今日《きょう》もあなたに出会《であ》えてよかった。

平松 祥子
兵庫県 46歳

妻《つま》に言《い》わせると、
貴方《あなた》は世話焼《せわや》き過《す》ぎるって。
でも、人《ひと》の喜《よろこ》ぶ顔《かお》って最高《さいこう》だよな。

中野 友擴
兵庫県 60歳 大学職員

石《いし》ころで、ここまで生《い》きて来《き》たんだネ。
これからも、石《いし》ころでいいんだヨ。

山田 信行
兵庫県 60歳 タクシー運転

もう「キライ」って思《おも》わないよ
「すき」の気持《きも》ちが
「私《わたし》」作《つく》ってるもんね！

谷垣 有香
兵庫県 15歳

砂時計《すなどけい》をひっくり返《かえ》す。
何度《なんど》も挑戦《ちょうせん》するのって大切《たいせつ》だよ。
勇気《ゆうき》をもとう。

大上 紘子
鳥取県 18歳 高校3年

10万円《まんえん》をもらうために
いろんなウソをかいても
それはかいた文字《もじ》に表《あらわ》れるぞ

内田 真人
広島県 13歳 中学校2年

いい所《ところ》も嫌《いや》な所《ところ》も
全部《ぜんぶ》あわせて「自分《じぶん》」でしょ？
もっと自分《じぶん》を好《す》きになろうよ

西村 尋子
広島県 17歳 高校3年

擦《す》り傷《きず》、切《き》り傷《きず》、深《ふか》い傷《きず》、
いっぱいあります私《わたし》の心《こころ》。
でも致《ち》命《めい》傷《しょう》にはなってない。

永井 陽子
広島県 50歳 主婦

お前《まえ》は寿司《すし》が大好物《だいこうぶつ》だそうだな。
俺《おれ》もなんだよ。
なんだか気《き》が合《あ》いそうだな。

三家本 隆宏
広島県 16歳 高校1年

風呂場《ふろば》で洗《あら》う耳《みみ》の後《うしろ》も
足《あし》の裏《うら》もみんな私《わたし》。
きゅきゅっと洗《あら》う。
かわいい、かわいい。

平田 恵美子
広島県 37歳 公務員

変《か》えたいところは、
変《か》わらないね。
変《か》えたくないところは、
変《か》わっちゃうね。

阿部太郎
徳島県　22歳

輪《わ》ゴムをひねったような私《わたし》です、
すぐ元《もと》にもどり丸《まる》くなる自分《じぶん》。
あと8年頑張《ねんがんば》れ。

海原 敏文
徳島県 52歳 公務員

毎日《まいにち》毎日《まいにち》同《おな》じ自分《じぶん》
けれど自分《じぶん》に生《う》まれてきた偶然《ぐうぜん》を
楽《たの》しみながら生《い》きよう。

久国 佑輔
徳島県 15歳 中学校3年

高《たか》い所《ところ》を目指《めざ》しても、
結局雲《けっきょくくも》にはなれないんだよ。
早《はや》く気《き》づいて　大地《だいち》の良《よ》さに。

二宮 里佳
高知県 30歳 主婦

君《きみ》の選《えら》ぶ道《みち》に、正解《せいかい》や不正解《ふせいかい》はない。
ただ、選《えら》んだ道《みち》があるだけだ。

田附 常幸
福岡県 17歳 高校2年

心《こころ》に降《ふ》る雨《あめ》に傘《かさ》をささないで
おもいっきりぶつかって
光《ひかり》をつかもうね。

廣松 令奈
福岡県 14歳 中学校3年

きのう鏡《かがみ》を見《み》てて気付《きづ》いたんだけど、
あの人《ひと》のこと好《す》きでしょう？

野田千穂
福岡県 25歳

いいねぇ君《きみ》!!
やるねぇ君《きみ》!!
がんばるねぇ君《きみ》!!
しぶといねぇ君《きみ》!!
高《たか》くとべるんじゃない?

山口 義幸
佐賀県 17歳 高校3年

自分《じぶん》を知《し》ってはいるけど、
解《わか》りはしない。
でも解《わか》ろうとは思《おも》うけど解《わか》らない。
教《おし》えて。

有田 翔吾
佐賀県 13歳 中学校1年

いつも笑顔《えがお》の私《わたし》
泣《な》かないから悲《かな》しいんじゃなくて
泣《な》けない程《ほど》悲《かな》しいんだよね

三溝 真弓
佐賀県 33歳 主婦

今《いま》の僕《ぼく》、
赤色《あかいろ》の絵具《えのぐ》でぬりつぶしたい
くらい燃《も》えてるよ。
消《き》えないようにね。

樋口 耕平
佐賀県 18歳 高校3年

あと六年《ろくねん》は死《し》なないぞ。
あの子《こ》の弁当《べんとう》、
高校《こうこう》卒業《そつぎょう》するまで私《わたし》が作《つく》るんだから。

佐藤 多恵子
長崎県 40歳 主婦

僕《ぼく》は、どの道《みち》を歩《ある》こうか
わからないが、
これだけはいえる。
どの道《みち》にも、ゴールはある。

田中 努
長崎県 14歳 中学校2年

十代《じゅうだい》、二十代《にじゅうだい》、三十代《さんじゅうだい》の時《とき》よりも、
ずっと素直《すなお》になった今《いま》の私《わたし》が一番好《いちばんす》き。

山﨑 静子
長崎県 40歳 中学校教員

ああ嫁《よめ》として、母《はは》として、
でも一生《いっしょう》女《おんな》であること忘《わす》れたくない。

中嶋 郁子
大分県 53歳

「ありがとう又来《またき》てね」

その笑顔《えがお》に支《ささ》えられてがんばれる。

私《わたし》、訪問看護婦《ほうもんかんごふ》さん。

山口 庸子
宮崎県 35歳
訪問看護ステーション

親《おや》と思《おも》えば悲《かな》しく情《なさけ》なく腹《はら》も立《た》つ。
他人《たにん》と思《おも》って介護《かいご》しなさい。

宮田 和美
宮崎県 54歳 主婦

何《なん》しようとねー。
そげんボケーッとせんで！
シャキッとせんか!!

橋爪 明菜
鹿児島県 16歳 高校1年

ニュース見《み》て
「あんたはやらないわよね。」
と母《はは》に言《い》われる。
信用《しんよう》されてないぞあんた！

松下 聖華
鹿児島県 14歳 中学校3年

道端《みちばた》に咲《さ》く雑草《ざっそう》でいいじゃないか
小《ちい》さな花《はな》でも誰《だれ》かの目《め》にとまる時《とき》がある

祖堅　萬衣子
沖縄県　20歳　アルバイト

丸岡町《まるおかちょう》さん
自分《じぶん》を客観的《きゃっかんてき》に見《み》つめ直《なお》す機会《きかい》を
ありがとう
いいセラピーでした

前田 真由美
アメリカ 41歳

君《きみ》のままでいいんだ。
足《た》したり引《ひ》いたりするな。
掛《か》けたり割《わ》ったりしたら絶交《ぜっこう》だ。

ハーメリンク橋本 美紀
アメリカ 35歳 主婦

バッイチで国《くに》を出《で》て十年《じゅうねん》。
雑音《ざつおん》に聞《きこ》えた言葉《ことば》で今《いま》は吾子《あこ》を怒鳴《どな》る。
あんた　エライ。

シュトッカーかほる
スイス　45歳　主婦

英語版「私へ」賞

A Brief Message from the Heart
LETTER CONTEST
" To Myself "

Having a wonderful time.
Glad you're here.

Melanie Macfee (CA/F.37)

素敵な時が過ごせて、
あなたがここに居てうれしいわ。

メラニー・マクフィー（カリフォルニア州 37歳）

I create the myth of myself day by day.

Lorraine VanderZanden (OR/F.63)

私は日々、私自身の神話を
創っているのです。

ロレイン・ヴァンダーザンデン（オレゴン州 63歳）

When I am 25,
I want to be a bachelor
and I will be a builder
and I think there will be aliens.

Aurelio Velazquez（M.8）

僕25歳になったら
まだ独身で大工さんになりたいな。
その時には、きっと宇宙人《エイリアン》が
来ていると思うよ。

オーレリオ・ベラスケス（8歳）

あとがき——私から私へ

何かいい物語のある時は誰かに話したくなるものです。「私へ」の手紙から、いい物語が伝わってきました。

自問自答しかなかった自分への問いかけが、具体的に手紙という形になった時、多くの人が本音を語り始めました。

まず過去への自分と対峙《たいじ》するところから始めた人が多かったようです。二度と戻っては来ない時間をいとおしむように、今だから冷静に自分の行為を判断しています。

一方で過去と未来を語るだけで、現実を語っていない人も多く見受けられました。現実と対峙する悲しさも鋭く語られています。

自分をしっかりと見つめた時、お酒のように醸し出される物語を感じます。今回はこの書によっていい物語が生まれました。

郵政事業庁（現　日本郵便）、住友グループ広報委員会の皆様にはさらなるご声援をいただきました。

この増補改訂版発刊にあたり、丸岡町出身の山本時男さんがオーナーである株式会社中央経済社の皆様には、大きなご支援をいただきました。ありがとうございました。最後になりましたが、西予市とのコラボが成功し、今回もその一部について関係者の方にご協力いただいたことに感謝します。

二〇〇九年九月吉日

編集局長　大廻　政成

日本一短い　私への手紙　一筆啓上賞

二〇〇九年一一月一〇日　初版第一刷発行
二〇二二年　三月二〇日　初版第三刷発行

編集者——公益財団法人丸岡文化財団
発行者——山本時男
発行所——株式会社中央経済社
発売元——株式会社中央経済グループパブリッシング
〒一〇一－〇〇五一
東京都千代田区神田神保町一－三一－二
電話〇三－三二九三－三三七一（編集代表）
〇三－三二九三－三三八一（営業代表）
https://www.chuokeizai.co.jp

印刷・製本——株式会社　大藤社
コラボ撮影——片山虎之介
編集協力——辻新明美

ISBN978－4－502－42670－4　C0095